ANDRÉ BOULLE

Ébéniste de Louis XIV

PAR

CHARLES ASSELINEAU.

Seconde édition.

Prix : 2 franc.

PARIS

J. B. DUMOULIN, quai des Augustins, 13.

1855.

ANDRÉ BOULLE

Ébéniste de Louis XIV

PAR

Charles ASSELINEAU.

—

Seconde édition.

—

ALENÇON,

IMPRIMERIE DE A. POULET-MALASSIS ET DE BROISE.

—

1855.

Tiré à **100** exemplaires, dont **20** sur
papier vergé.

ANDRÉ BOULLE

Ébéniste de Louis XIV.

—

Le tribut que nous payons à la mémoire
d'un des plus fameux représentants de l'art
industriel français est plus qu'un hommage
ordinaire, c'est une réparation. On compte
dans les fastes de notre industrie nationale
peu d'hommes dont le nom soit aussi juste-
ment répandu, dont les travaux aient con-
tribué plus largement et plus longtemps aux
jouissances du public; il n'en est pas dont
la vie soit moins connue. Quelques notes
manuscrites conservées ou plutôt enfouies
dans les dépôts publics, deux ou trois no-
tices vagues, éparses dans les biographies,
sont jusqu'à présent les seuls renseignements que la France possède sur un de ses
plus illustres artisans. Et qui s'avisera de les

y aller chercher? Tel est l'oubli attaché à
ce nom, à cette gloire, que naguère encore,
avant que la mode eût ébauché sa réhabili-
tation, le nom de Boulle était pour beaucoup
de gens l'équivalent d'un substantif et que,
dans un catalogue de vente daté de 1794,
catalogue dressé pourtant par une plume
expérimentée (1), on trouve cette désigna-
tion : *meubles de boule.*

Cependant les ouvrages de l'ébéniste de
Louis XIV n'ont jamais cessé d'être recher-
chés et de faire l'honneur des cabinets
somptueux et des ventes les plus célèbres,
et ils sont encore aujourd'hui, pour nos
artisans les plus habiles en ce genre, des
modèles désespérants.

Nous essayerons de coordonner ces documents épars, en y ajoutant ceux que nos
recherches nous ont fait découvrir, et nous
léguerons à d'autres le soin de compléter
cette œuvre de réparation due à l'une des
plus solides gloires de l'industrie et de l'art
national.

André-Charles Boulle naquit à Paris le

---

(1) Catalogue de la vente du cabinet de Duclos-Du-
frénoy, par Lalande.

10 novembre 1642, et naquit artiste. Le témoignage des contemporains est unanime
à constater que sa vocation le porta d'abord
vers la peinture. Son père, ébéniste, habile
peut-être, à coup sûr bien avisé, exigea
qu'il lui succédât dans sa profession. De
cette contradiction entre son goût naturel et
la nécessité résulta pour André Boulle une
de ces vocations mixtes, comme celle de
Bernard Palissy, où le génie du grand artiste
se révèle dans des œuvres secondaires au
point de vue de l'art. Faut-il regretter pour
l'artiste et pour son pays cette déférence à
l'autorité paternelle? Livré à sa première
inclination, Boulle eût peut-être accru la
gloire de notre école; peut-être aussi n'eût-il
fait qu'ajouter un nom estimable à la liste
des peintres du règne de Louis XIV, tous
plus ou moins tyrannisés par la férule de
Le Brun : il fut, il resta et demeure encore
le premier ébéniste français.

Les renseignements manquent sur les
années de la jeunesse de Boulle : il est pro-
bable qu'elle s'écoula modestement dans
l'atelier de son père, jusqu'au jour où la
supériorité de ses ouvrages attira sur lui la

faveur de la cour et du roi. « Son imagina-
» tion, dit Lempereur, conduite par le sen-
» timent qu'il avait des belles formes, lui
» fit inventer des ouvrages d'un genre neuf
» et sur lesquels la mode n'a point exercé
» son caprice. Les meubles que le luxe ou
» l'utilité avaient mis de son temps en usage
» ont été exécutés par lui sous des formes
» élégantes, ingénieuses, et enrichis d'un
» travail de marqueterie très-recherché et
» d'ornements de bronze doré d'un excellent
» style. — Il en a fait une quantité consi-
» dérable pour tous les grands et les opulents
» de ce siècle fastueux. » Rendons ici jus-
tice au règne de Louis XIV ; s'il n'a pas produit tous les grands hommes qui l'ont il-
lustré, s'il est vrai qu'il a dû son éclat à la
fortune qui lui a fait recueillir la maturité
des génies nés et développés sous les règnes
précédents, on ne peut méconnaître l'acti-
vité prodigieuse imprimée à tous les arts,
depuis les plus élevés jusqu'aux plus fami-
liers, les uns en quelque sorte entraînant
les autres, chaque artiste ou artisan, s'ef-
forçant de parvenir dans sa sphère à la plus
grande perfection possible. Pour ces palais

que bâtissait Mansart, dont Le Nôtre dessinait les jardins , que décoraient le pinceau
de Le Brun, le ciseau de Coysevox, il fallait
des mobiliers somptueux qui répondîssent
à la richesse du monument. Il fallait qu'un
esprit inventif harmonisât les meubles avec
les merveilles de la statuaire et de la peinture. Boulle le fit. Autour de lui se groupe
une élite d'artisans dont les noms sont encore respectables aux connaisseurs, par
exemple Baillon et Rabby, qui fabriquaient
les mouvements des horloges dont André
Boulle dessinait et exécutait les boîtes, les
ornements et les socles. Louis XIV sut ap-
précier l'intelligent artiste : après l'avoir
attaché particulièrement à la manufacture
des Gobelins alors florissante, il le nomma
premier ébéniste de sa maison et lui en
conféra le titre par un brevet dans lequel
Boulle se trouve qualifié à la fois comme
architecte, sculpteur et graveur. Cette der-
nière mention, rapprochée d'une circons-
tance que j'exposerai tout à l'heure , m'a
longtemps fait songer à la possibilité de re-
trouver des planches gravées par André
Boulle. Il est plus vraisemblable, comme le

pense M. de Montaiglon (1), que ce titre s'ap-
plique aux gravures en creux que Boulle em-
ployait dans la décoration des meubles, de
même que la belle ordonnance des lignes et
le bon goût, ou, pour parler comme le bio-
graphe cité plus haut, le bon style des bas-
reliefs et des figurines justifie ceux d'architecte et de sculpteur.

La libéralité du roi n'eut que trop d'occa-
sions de s'exercer envers son premier ébéniste, et l'on comprendrait difficilement, en
considérant le grand nombre de ses ouvrages
et la faveur dont ils jouissaient, qu'il ait eu
toute sa vie à lutter contre les embarras
d'argent. Le secret de cette anomalie est
dans sa première vocation contrariée. Ne
pouvant être artiste comme il l'entendait, il
se fit collectionneur et entreprit de former
à grands frais ce qu'on appelait alors un
cabinet de dessins et de gravures. Voici ce
que dit à ce propos Mariette dans ses notes
manuscrites (2) : « Cet homme qui a tra-
» vaillé prodigieusement et pendant le cours

(1) *Bibliothèque de l'Ecole des Chartes*, livraisons de
septembre-octobre 1851.

(2) Voyez MARIETTE, *Abecedario*. Voyez aussi le
Catalogue de Lempereur, mss. Biblioth. Imp.

» d'une longue vie, qui a servy des roys et
» des hommes riches, est pourtant mort
» assez mal dans ses affaires. C'est qu'on
» ne faisoit aucune vente d'estampes, de
» desseins, etc., etc., où il ne fût et où il
» n'achetât, souvent sans avoir de quoy
» payer; il falloit emprunter, presque
» toujours à gros intérest. Une vente nou-
» velle arrivoit, nouvelle occasion de re-
» courir aux expédients. Le cabinet devenoit
» nombreux et les dettes encore davantage,
» et pendant ce temps-là le travail languis-
» soit. C'étoit une manie dont il ne fut pas
» possible de le guérir. » Pour comble de
malheur un incendie détruisit presque
entièrement cette collection, une des plus
belles, au témoignage des contemporains,
qui ait jamais existé. On fit de ce qui resta
une vente publique qui dura fort longtemps.
Il s'y vendit des pièces admirables, et l'on
assure que celles qu'on sauva n'étaient rien
en comparaison de celles qui s'étaient per-
dues. Parmi ces dernières on regrette surtout
un recueil magnifique de dessins d'habits
de théâtre de Della Bella, un manuscrit de
Rubens dont de Piles a beaucoup parlé, et

une suite de cent portraits de Van Dyck
dont toutes les épreuves étaient retouchées
au pinceau de la main même du maître (1).

Le roi l'avait logé au Louvre, alors lieu
d'asile, où ses créanciers le poursuivirent
néanmoins, ainsi qu'il résulte de la lettre
suivante adressée par Pontchartrain à
Mansart, intendant des bâtiments.

Paris, 29 août 1704.

« Les créanciers du nommé Boulle, ébé-
» niste, qui ont des contraintes par corps
» contre luy, demandent la permission de
» les faire exécuter dans le Louvre. Et
» comme il a esté un temps que le roy et
» Monsieur devoient des sommes assez con-
» sidérables aux ouvriers, Sa majesté m'a
» ordonné de voir ce qui s'est passé depuis,
» et s'il luy est encore deu quelque chose (2). »

---

(1) Mariette, dans ses notes, revient souvent à cette collection qu'il appréciait beaucoup. La publication actuelle
de l'*Abecedario*, dont les deux premiers volumes ont
déjà paru, nous dispense de transcrire les passages qui
s'y rapportent.

(2) Cette lettre se retrouve parmi les *Documents admi-
nistratifs* du règne de Louis XIV, dans la collection des
Documents inédits pour servir à l'Histoire de France.

Boulle mourut à l'âge de quatre-vingt-
dix ans, en 1732 (1), laissant, pour le rem-
placer, des fils qui n'avaient pas hérité du
talent de leur père (2). L'extrême difficulté
du genre qu'il avait inventé et dans lequel
il n'avait réussi que par un excès d'habileté
et de patience qui était presque du génie,
découragea ses successeurs. L'Encyclopédie
imprimée en 1765 annonce que déjà « l'ex-
» trême longueur de ces sortes d'ouvrages
» les a fait abandonner. » Aussi, après
sa mort, les connaisseurs commencèrent-
ils à se disputer ses ouvrages, qui se
vendirent en vente publique à des prix pour
le temps fort élevés et furent pompeusement
annoncés sur les catalogues. Certains amateurs distingués les réunirent par collections dans leurs cabinets.

Parmi ces collections, je citerai celles de
M. Julienne, dont le catalogue (1767) in-
dique quinze pièces de Boulle : c'est la plus
remarquable; de Deselle, trésorier général
de la marine (1761), quatre pièces ; de

---

(1) Boulle fut enterré à Saint-Germain-l'Auxerrois ; il
était veuf d'Anne-Marie Le Roux.

(2) « Les fils quil a laissés, dit Mariette, n'ont été que
les singes de leur père. » *Abecedario.*

Lalive de Jully (1770), dix pièces ; de Randon de Boisset, receveur général des finances (1777), dix-sept pièces, dont plusieurs provenaient du cabinet de Julienne ; du sieur Dubois, orfèvre (1784), onze pièces ; du chevalier Lambert (1787), douze pièces ; celles de MM. de Saint-Julien, Tremant, etc., etc. Enfin, le catalogue de vente du cabinet de Lebrun (1791) mentionne onze pièces de Boulle, du meilleur choix.

Les plus beaux et les plus précieux meubles de Boulle ornaient les châteaux royaux, d'où ils passèrent en Angleterre après que la *bande noire* s'en fut emparée à l'époque de la Révolution.

Au commencement de ce siècle, on comptait à Paris comme amateurs des ouvrages de Boulle et possédant de belles pièces de cet artiste, MM. de Jossaud, de Chabrol-Chaméane, comte Edouard de Lupel, comte Molé, etc., etc.

L'œuvre de Boulle n'est pas de celles que l'on puisse cataloguer avec certitude. Les amateurs désireux de descriptions détaillées et techniques pourront recourir aux catalogues de vente indiqués ci-dessus.

J'ai vu citer, entre autres pièces célèbres :

un bureau à marqueterie de cuivre incrusté, payé cinquante mille livres par le fameux banquier Samuel Bernard, et que l'on croit perdu ;

Deux bas d'armoire ornés d'attributs de musique et de chasse et surmontés de deux cadrans marquant, l'un les heures et les quarts, l'autre les quantièmes et les phases de la lune, passés de la collection de Julienne dans celle de Randon de Boisset et vendus à la mort de ce dernier 4,701 fr.;

Une pendule de marqueterie à ornements de bronze doré (mouvement de Baillon), qu'accompagnent deux réductions en bronze des statues du *Jour* et de la *Nuit* de Michel-Ange ;

Deux corps de bibliothèque exécutés pour Louis XIV, en bois d'amaranthe plaqué d'ébène, à dessus de marbre blanc incrusté de divers autres marbres de couleur, et ornés de quatre bas-reliefs en bronze doré représentant les quatre saisons ;

Un corps d'armoire de marqueterie en écaille, dont la porte est décorée d'un Apollon en relief faisant écorcher Marsyas ; sur les côtés, Bacchus, et l'Hiver représenté par un vieillard qui se chauffe, etc., etc.

Piganiol de La Force (*Description de Versailles*, tome 1.ᵉʳ) cite comme le chef-d'œuvre de Boulle « et de son art, » le cabinet de marqueterie et de glaces qu'il avait exécuté pour l'appartement du Dauphin. Ce cabinet avait vingt-trois pieds carrés. « Il a, dit Félibien, de tous côtés et dans le » plafond des glaces de miroirs avec des » compartiments de bordures dorées sur un » fond de marqueterie d'ébène. Le parquet » est aussi fait de bois de rapport et embelli » de divers ornements, entr'autres des » chiffres de Monseigneur et de Madame la » Dauphine. »

C'est surtout en comparant les ouvrages de Boulle à ceux de ses successeurs que l'on en comprendra le véritable caractère, qui est une sorte de sobriété dans la richesse, loi que Crescent (1) et ses imitateurs ont oubliée pour tomber dans la prodigalité et dans la surcharge. La belle disposition des lignes, la proportion, l'art de tirer parti des mêmes ornements en variant les combinaisons, le soin extrême des détails, voilà ce que l'on reconnaît en analysant les œuvres du maître

---

(1) Crescent, qui fut ébéniste du régent, et Caffieri ont été les plus célèbres parmi les successeurs de Boulle.

de l'ébénisterie française. Mais si l'ordonnance des motifs, le dessin des filets, des
encadrements, offrent peu de variété, l'in-
térêt est suffisamment excité par le grand
style des bas-reliefs et des mascarons, que
Boulle composait généralement d'après
l'antique et les meilleurs statuaires mo-
dernes : on a vu tout à l'heure comment il
sut raccorder le motif d'une pendule avec
deux des plus célèbres statues de Michel-
Ange. On peut dire généralement qu'il re-
présente le grand goût de son époque ; c'est
de quoi l'on se convaincra facilement en
rapprochant telle de ses œuvres, par exemple
du buffet à médailles que Crescent exécuta
pour Louis XV et où les accessoires sont
multipliés jusqu'à la profusion. Enfin, ce
qui n'est pas non plus un mérite indifférent,
« il joignoit, dit Mariette, au bon goût la
» solidité, et ses beaux meubles sont aussy
» entiers après cent ans de service, qu'ils
» l'étoient lorsqu'ils sont sortis de ses
» mains. »

Lors de la première publication de cette
notice (1843, dans le *Monde littéraire*), j'es-
pérais que de nouvelles recherches pour-
raient étendre ou confirmer les renseigne-

ments, en petit nombre, que j'avais pu réunir. Le Recueil des *Archives de l'art français* a déjà produit (tome 1.er), les deux brevets qui mettent Boulle en possession de ses deux logements au Louvre : le premier, en date du 20 mai 1672, signé Colbert, lui concède, au *nom de la Reine,* l'appartement laissé vacant par le décès de Jean Massé ou Macé, comme lui ébéniste; le second, daté du 29 octobre 1679, lui accorde, de par le roy « pour accroître son logement » *sous* (1) la galerie du Louvre » *le demy-logement cy-devant occupé par le nommé Petit, décédé.*

C'est, au rapport de Piganiol de La Force, dans le premier de ces logements que Boulle décéda le 29 février 1732.

---

(1) Les logements étaient situés sous la grande galerie du Louvre. Voyez *Archives de l'Art français,* tome 1er.

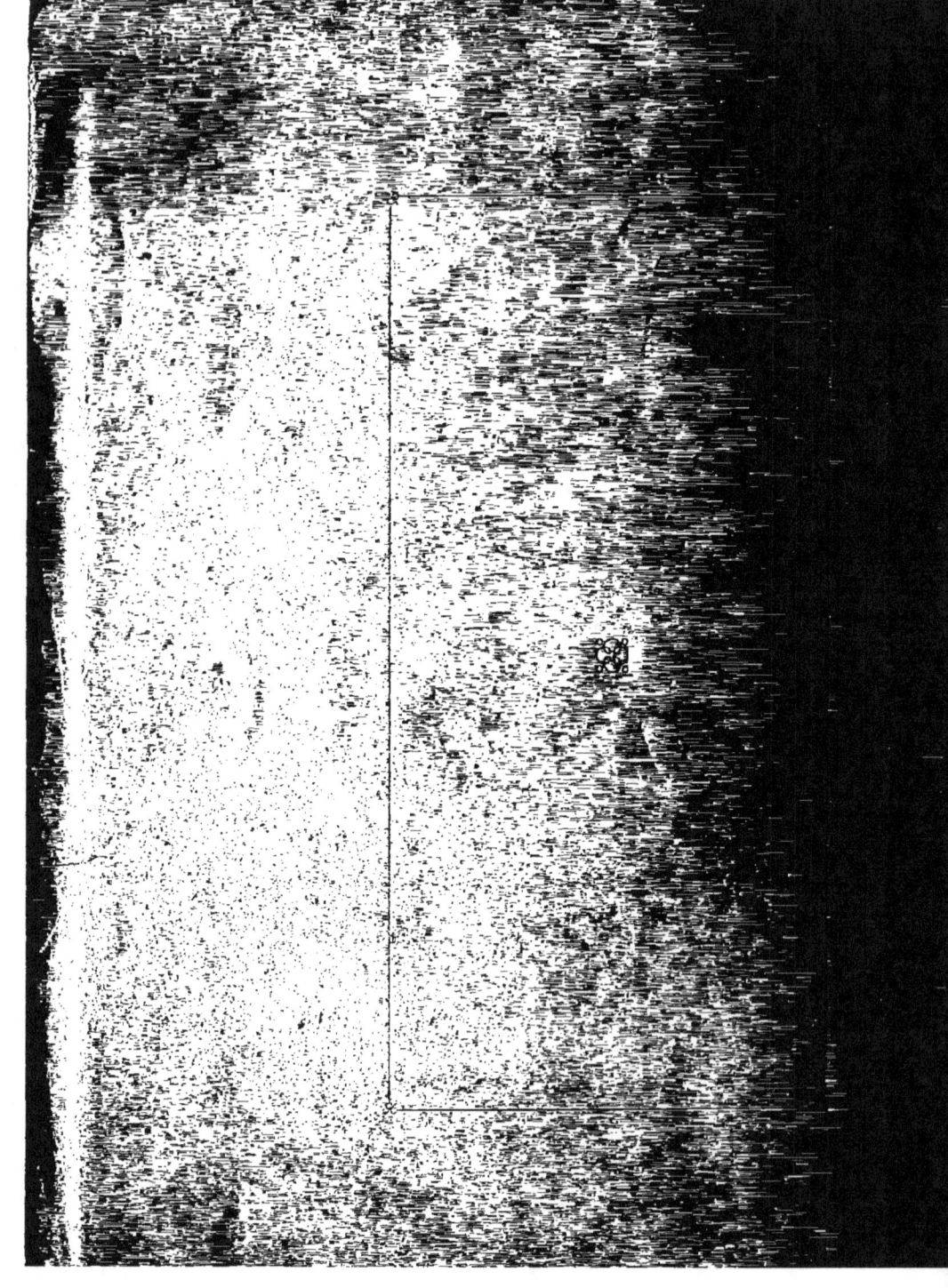

www.ingramcontent.com/pod-product-compliance
Lightning Source LLC
Chambersburg PA
CBHW061522170626
46811CB00004B/1803